햇살 다비

햇살 다비

김원희 시집

불교문예

홀로 고요히 침잠해 있던 어느 날
운명처럼 그가 비밀을 품은 듯 찾아왔다

시와의 합궁 묘미가 일탈의 외도와 견줄까
불면의 밤은 화려한 궁으로 변하고
세상 모든 것은 그가 되었다

시를 잉태한 만삭의 처녀
작두 타는 애기무당처럼 홀린 듯

접신의 위대함인지 위태함인지
시의 보살 내 안에 들다

2017년 가을
초연당에서 김원희

차례

제2부

제3부

제4부

제1부

동백꽃

선운산 도솔천 내원궁

동백꽃 떨어진 자리마다

묘비 없는 붉은 무덤이다

한때는 그대가 꽃인 적 있었다

가슴 저린 사랑도

세월 지나면 무던해지는가

저 동백

시들어 추해지기 전

아직 색과 향 남아있을 때

보란 듯이

툭!

이별을 고하는,

고독경

산 깊은 암자
정진중인 물고기

평생 바람과 벗하여
허공 한켠 지분 얻어
홀로 경經을 읊는다

베일 듯 팽팽한 정적
속을 비운 모든 것에선
바람소리가 난다

목어 木魚

오방색 비늘 옷
조각조각 떼어내 가벼워진 몸
법당 노승 독경 소리에
휑한 눈 뜨고 참선 중이다

텅 빈 뱃속
산란했던 세속의 역사를 지우는데
푸른 바다의 기억은 어디로 갔을까

산호 숲 떼지어 다니던
내원궁 천년 사랑 허공에 사르고
몸 안의 불혹 같은 소리로
부처님께 공양하는

선운사 늙은 목어

주머니

누룽지와 도토리 공기알
사십구재 지낸 약과와 사탕이
한 푼 두 푼 보살들이 주고 간
지전과 쇠전으로 배부르다

동자승 주머니가 부풀어 오를수록
함께 부푼 속세의 그리움
주머니는 자루가 된다

"절집 수행자로 살라믄
한 끼 배부른 걸루 족해야 되는디
주머니가 있응께 자꾸만
욕심을 부려 뿌러, 크며는
더 큰 욕심을 부릴 거 아닌감"

주머니를 가위로 자르고
바늘로 꿰맨 공양주 노보살

까슬까슬 머리통 매만지다

눈 마주친 목어

뱃속 내장까지 모두 비웠다

틈

수덕사 대웅전 기둥
틈새에서 생명이 자라고 있었다

꼬물꼬물 태초의 생명인 듯
매서운 북풍을 견디고 탄생한 생명체

기둥을 자궁삼아
암흑의 침묵 속에서
목탁 소리와 풍경 소리만이
유일한 벗이었으리라

우주의 전부였을 작은 공간
눈뜨고 나가면
수만 번 소리로만 들었던 독경
파릇한 사미승 되어 해 보는 날 있을까
그래서 모두 다 외어버린

대웅전 기둥 틈 속

작은 회색벌레

산사의 하룻밤

가을비 젖은 도솔산
암자 요사채 구석진 방
장작불에 달궈진 온돌 열기에
온몸 세포는 화들짝 만개한다

산갈 오르며 바라본 상사초
무더기로 가슴에 피어올라
뜬눈으로 지샌 새벽녘에
어렴풋이 들려오는 목탁소리

창밖 달님은
대나무와 동무하여 소곤거리고
잠 깬 새들은
도솔천 내원궁 천년 비밀이
누설될까 수런거린다

은행나무

저 황금 이슬 좀 보아

천태산 영국사 승려들
천년을 이어 온 목탁 소리가
들어가 익었을까

한껏 금빛으로 치장을 했네

반한 듯 얼굴 붉힌 하늘
저 농염한 황금빛 관능에
부처님도 눈부신 듯

두 눈 질끈 감으셨잖아

늙은 낙엽

태화산 낙엽의 잿빛 X레이
온몸 살점 배불리 먹어 치우도록
한 生을 보시하며 무얼 생각했을까

고목의 새싹으로 태어나
목탁과 새소리 벗하며
노승처럼 해탈을 염원했을까

아마도 내생來生에선
구도자로 환생할지 몰라

 마곡사 저 늙은 승려도
전생에선 천년 고목의
파릇한 아기 싹이었다지

미소

관촉사 미륵불

돌로 만든 학사모 쓰고

얼마나 좋은지 벗질 않네

표정 관리도 프로 모델감

살이 찌지도 빠지지도 않는

몸매 관리 비법 따로 있나

숲도 옷 벗고

근육의 핏줄 내세운 한겨울

젖지도 않는 석가표 외투 입고

천년을 변함없이 그대로인

야생의 저 은진, 총각

고드름

한겨울 대웅전 처마 끝
허공 한 줌 지분 얻었다
늙은 승려 독경
대롱 매달려 아찔하게
따라 부를 적
지상으로 자꾸만 자라는 키
댓돌 위 고무신이 눈부시다

아집과 속세에 묻은 때
햇살 아래 펼쳐놓아
날아가고 마르고
잿빛 투명한 일생
수정 뼈대만 시리게 남았다

백팔번뇌 다 녹아
뚝뚝 허공에서 치러지는
송광사 햇살 다비

고목

색동옷 벗겨진 앙상한 몸
일생 동안 수백 번의 이별
아직도 떠나보냄이 익숙하지 않다

지상을 점령한 백색 가루
그리움에 몸통마저 마른 가지는
다시 눈꽃으로 피어나고

텅 빈 심장에선
마저 부르지 못한 노래가
신음처럼 들릴 때
시간은 또 새벽에 밀려
붉은 해를 토한다

간성장에서 길을 잃다

바위덩이와 돌의 절묘한 융합
천만년은 흘렀을 계곡 물
새소리 풍경소리와 더불어
물아일체物我一體 경지까지 갔었으리라
그곳에서의 하룻밤은

일제시대 때 공주갑부가
계곡 옆에 기와집 지어
친일세도가인 윤덕영에게 바치고
한 시대가 저물자
이승만 대통령 별장으로 쓰이고

재물 명예 권력 화두 안고
가부좌로 해탈을 꿈꾸듯
한 시대를 풍미한
망자의 비밀스러웠던 집

문턱에 배인

온갖 아부와 권모술수

그 요원한 비밀은 물만이 알까

입을 다문 채

지금도 쉬쉬 흐르는 물

지금은 텅 빈

바람만이 동무하여

허허로운 마당가를 맴돌 뿐

계룡산 갑사 천년의 향기로움 그윽한 곳

사연 깊은 간성장에서 잠시 길을 잃다

운판

뭉게구름 한 조각
하늘에서 지상을 바라보다
그만 사랑에 빠졌나봐

더 이상 떠다닐 수 없게
철갑옷 무장하고
지상으로 출가한 목어와 나란히

허공 헤매는 고독한 영혼 위해
온몸으로 새벽을 깨우고 있나봐

여명에 비춰진 짙게 새긴 몸의 문신
옴마니반메 훔

제2부

위태한 접신

홀로 고요히 침잠해 있던 어느 날
운명처럼 그가 비밀을 품은 듯 찾아왔다

시와의 합궁 묘미가 일탈의 외도와 견줄까
불면의 밤은 화려한 궁으로 변하고
세상 모든 것은 그가 되었다

시를 잉태한 만삭의 처녀
작두 타는 애기무당처럼 홀린 듯

접신의 위대함인지 위태함인지
시의 보살 내 안에 들다

빈집의 초상

세월의 무게가 한쪽으로만 실린 듯
지붕 한켠 무너져 내려
반생半生을 버티고 서있던 기둥벽도
땅을 향해 납작 업드렸다
수직의 도도함으로 아랫것들
얕보았던 위풍도 간 곳 없다

금낭화는 뒤켠 장독대에 무리지어
연분홍빛 관능 물씬 풍기지만
지나가는 구름만이 곁눈질할 뿐
바람 부는 날엔
뒤틀린 문짝들 신음을 한다

옛 기억은
바람결에 고스란히 묻어나
납작한 시간마냥 벅차다
사연 많은 빈 집의 이력

이끼 낀 돌담 울타리를 넘어
야생화로 피어나고
산골마을은 시끌시끌 꽃 천지다

햇살 눈부신 툇마루
졸음 겨운 고양이 한 마리
나풀나풀 흰 나비 한 쌍
기억을 더듬는 나른한 봄날 오후

돈 베니토

승마경기장 홀스메이트 소속
단단한 구릿빛 근육에 커다란 눈망울
쭉 뻗은 다리 우아하게 내딛는 폼이
중세기 백작인 듯 고결함이 도는 돈 베니토*
주인과 한 몸 되어 마장 돌다가
전생 무사였던 기억 떠올랐을까
말 발굽소리 빨라지고 호흡 거칠어질수록
몸에선 열정이 되살아난다

장애물 펄쩍 넘을 때마다
관중들 박수갈채 쏟아지고
천 년 전 싸움터의 환호성,
환청이다

대대로 내려온 명마의 숭고한 혈통
삼단 장애물 넘고 에스자로 돌아
가뿐히 하늘 날아올랐다

순간 얻은 하늘의 지분

지상에서 이루지 못한 사랑

짧게라도 허공에서

그대와 나, 혼연일체 되는

* 돈 베니토 : 독일산 경주마 이름.

푸른 그대

동해 속초, 추억의 백사장
바윗덩이 부서져
고운 모래알로 거듭나기까지
인고의 시간이 필요했으리라

푸른 그대와 나
아득히 바라만 볼 뿐
경계가 주는 아찔함
결코 하나 될 수 없는 천형이다

목마른 삶은 실연의 상처마저
소금꽃으로 피어나고
질척이던 욕망의 끈 놓아
가장 가볍고 찬란히 빛나는 날

우리 함께 승천할 수 있을까

백지

한때는 그대
그늘 우거진 아름드리 나무였었지

하늘로만 향한 수직의 절규
짧은 이별 상처마다 새순이 돋고
백년의 침묵 그리고 그리움

그대에게 차마 하지 못한 심연을
편지로 쓰는 밤
백지에서 물씬 숲의 향기가 난다

봄날

문방구 앞 빨간 우체통 추억처럼 서 있다

어릴 적 펜팔친구
꽃 편지지에 연필로 꾹꾹 눌러쓴 끝에는
우리 우정 영원히 변치말자 했던가
우체통에 20원짜리 우표 붙인 편지
하루빨리 전달되기를 바라며 손끝 떨렸었지

기다림 한 주 만에 온 답장에는
곱게 말린 네잎 클로버에 명함사진 한 장
부푼 설렘 동봉
"방학 때 만나자! 놀러와"

주소 보고 지도로만 수백 번 갔었다

세월 지나 모두 잊었나 했는데
고스란히 추억을 상기시켜준 빨간 우체통

지나가던 몇몇 여학생들의 재잘거림

거기에 문득
내 소녀 적 친구들 웃음소리
섞여 들려오는,

목련꽃 화사한 4월에

한밤의 소묘

열린 창으로 혼자인 나를
수상히 엿보고 있는 달님

나는 불면으로 뒤척이는데
밤의 적막을 깨며 날아 온 문자
내 이름을 불렀다
순간, 정겹고 낯선

달님도 졸음에 겨운 이 시간에
애인도 아닌
그냥 아는 여자의 이름을
불러보는 마음은 무얼까

그동안 잊고 지낸 내 이름
누군가 나의 이 빛깔과 향기에
알맞은 이름을 불러주면
그에게로 가서

그의 꽃이 되고 싶다던
옛 시가 문득 떠올랐다

나는 그에게 어떤 향기
어떤 색으로 각인된 걸까
그가 내 안의 뜰에
꽃씨 하나 떨구었네

짝사랑

바람과 시간이 정지한 듯
잠 못 이루는 열대야
한낮의 열기가 고스란하다

식지 않는 열정
고열이 지속되는 지구는 지금

어느 별과
이루지 못할 사랑으로
열병 중이다

시 같은 사랑, 운명처럼

초가을 이른 저녁 명동역 3번 출구 앞 카페
동료들 인생과 시 토론이 이어지고
노교수는 강단에서 미처 못 한 말을 꺼낸다

"시를 쓴다는 생각을 버리고 우선 써봐 무엇이든
글을 쓰다보면 행이 운명처럼 따라오거든
마치 여자를 운명적으로 만나 사랑에 빠지는
것처럼
시도 그와 같은 일이 벌어질 수 있어"

취기 발그레 오른 노교수 눈매가 촉촉이 빛난다

시는 운명처럼 온다
사랑도 운명처럼 온다

시 같은 사랑
내게도 운명처럼 올까

별똥별

밤하늘에 숨겨둔

긴 꼬리 뽐내며

지상의 연인에게

프러포즈하는

그믐달

밤마다
내 방 엿보던 달님

무슨 일이지

혹시
몸살이라도…

오늘은 내가
밤하늘을 엿본다

시인의 말

시, 열 여자를 만나면

시, 아홉 여자가 나를 버렸다

시, 곧 한 여자도 나를 버릴 것이다

서정춘 시인의 시집 『귀』에 씌어진 자서이다

나, 시시한 그와 열애 중이네

석류

한여름 뙤약볕 태양의 자식 잉태한

붉은 만삭의 몸 어찌할 수 없어

나무에 매달린 채 산고 치르는 중

갈라진 틈으로 태양보다 더 붉은

탱탱한, 알알들

초승달

엄마가 아기 엄지손톱
잘라주다가 어디로 튀었는지
아무리 찾아봐도 없네

엄마 두 눈 크게 뜨고
아기도 말똥말똥

문득 창밖을 보니
글쎄 그 아기 손톱
하늘까지 튀어 초승달로 떠 있고

그런 줄도 모르고 아기는
쌔근쌔근 잠이 들었네

밤의 유희

달님

시

레드와인 한 잔

그리고

정원의 풀벌레 합창소리

당신의 낮보다 찬란하다

나의 밤은

제3부

녹색 전투

한여름
담쟁이 넝쿨 온 힘을 다해
生을 일구고 있다

이른 봄 연두의 아기 새순이
진녹색 전투복으로 무장해서
수직으로 돌격중이다

뒤도 돌아보지 않는 냉정함
푸른 포식자가 되어
담장의 팔할을 점령했다

강의 반란

강이 앓고 있다
북한강부터 낙동강까지

강의 일생 인간이 간섭하며
본래 모습을 잃기 시작했다

옛적부터 순순히
흐르던 강줄기

4대강 프로젝트 깃발 아래
굴삭기로 곳곳이 파헤쳐져
음부까지 상처투성이다

물고기의 떼죽음
슬픈 강은 참다못해
서슬 퍼런 반란 중

생태계가 아찔하다

소통의 문

열려야 할 때
열리지 않는 건 벽이지

모양만 문이면 뭐해
안과 밖 구별하며

열려야 할 때 열리고
닫혀야 할 때 닫히는

그래서 늘 닫혀만 있는
벽과 구별되는 거잖아

사람과 사람 사이에도
소통의 문이 필요한
지금

폭군

고수온 해역을 따라 이동 중이던 태풍 볼라벤
내일 모레면 한반도에 들른다는 손님
성깔이 만만치 않다고 한다

걱정되는 농민들의 축사와 농작물
사나운 그가 심술이라도 부리는 날엔
날아가고 깨지고 부서지고
집과 간판들도 재점검
가급적 외출을 삼가 하라는 연이은 뉴스

강력한 그가 천만 군사 위용으로
전국을 얼마나 난장으로 해놓고 물러갈지
북상중인 그가
두려우면서도 기다려지는 밤

천섬의 볼트성

캐나다 동부 세인트로렌스 강
섬과 섬 사이 신비로운 강의 산책이다

천개의 섬마다 지워진 동화 같은 집들
하트 모양 섬에 기품 있고 우아한 볼트성이
낯선 방문객의 시선을 사로 잡는다

워도프아스토리아 볼트가
아내를 위해 지었다는 볼트성
애절함이 돌마다 새겨져 있는 듯하다

누군가를 위해 집을 짓는 건 사랑이다
성의 완공 얼마 앞두고 아내가 죽었다
사랑이 지나치면 천사들도 시샘하는가

아내의 넋이 차마, 승천하지 못하고
볼트성 곳곳에 남아서 사랑 이루지 못한

지상의 연인들을 불러들이고 있다

볼트성에서 고백한 사랑은 이뤄진다는
신화 같은 전설 새겨보며
내 안에 있는 그대
세인트로렌스 강에 띄워
섬이 하나 더 추가된

지도에도 없는 나만의 섬이 생기다

폭우

여름 내내 비가 내렸다, 그동안
지상을 점령했던 비장군이 저지른 만행
할퀴고 무너뜨리고 인명까지
무참히 짓밟고 갔다

폭우에 연이은 재해
하늘에서 주관하는 일
사람이 관여할 수 없나보다

인생의 짐 또한 각자의 몫
원치 않아도 살아내야 하는
폭우에 삶을 유린당해도 어쩔 수 없이
지상에 산다는 이유만으로
고스란히 감내해야 할 몫이다

채석강

중생대 백악기 때부터

켜켜이 쌓여진 연서

무심한 그대

칠천만 년이 넘도록

펼쳐서

한 줄조차 읽지 않은

피그말리온

미켈란젤로는 돌을 깎고 다듬어 그 속에 숨어
있는 누군가를
걸으로 드러내게 하는 것이 조각가의 일이라
고 말했다

어느 봄날
상아 덩어리에서 자태 고운
여인의 모습을 찾아낸 피그말리온
아름다움에 넋을 잃고
'잠자는 사랑'이란 이름 지어 주었네

예쁜 옷과 보석으로 치장해주고
밤이면 옆에 뉘여
별 보며 세상이야기 들려주고
사랑을 시작한 모든 연인처럼
그렇게 자신의 심장 소릴 들었네

애달픈 그의 짝사랑

조각상을 아내로 삼게 해달라

아프로디데 여신 찾아가

절규하듯 소원 빌던 어느 날

조각상에서 숨결이 느껴지는

말하는 여인이 되었네

신마저 감동해 기적을 이룬,

21세기 피그말리온의 사랑을 꿈꾸며

오늘은 내가 잠자는 사랑이 되어보네

유혹

너의 살내음
매일 맡을 수만 있다면야

말랑말랑
시나브로 부풀어 올라
탱탱해진 몸

쉿! 잠시
모든 건 만남이 중요해
생의 뜨거움도 알아야지

태닝으로 광을 낸
쭉 뻗은 갈색 몸매에
교황도 반한

보기에도
먹기에도
굿! 바게트

닮은 꼴

사랑과 사탕은 둘 다 달콤해
세상엔 너희뿐이야

시나브로 달콤함은 줄고
막대 사탕이 유혹하면 살짝 넘어가 줘
또 다른 맛이야

잘못하면 끈끈한 사이가 될 수 있으니 조심해

쉿! 그들에겐 유효기간이 없으니
있을 때 맘껏 즐겨봐

공약

회색빛 고층 빌딩 속 사거리
창문보다 더 큰 얼굴로
웃음을 흘리고 있는 사내

발길 멈추고 얼굴 마주본다
연락처를 주면
오늘밤 안방을 들이닥쳐
내 발이라도 씻겨줄 듯하다

"서민들의 손과 발이 되어
겸손히 일하겠습니다
믿어줘요
제발 한 번만 날 찍어주세요"

애절한 눈빛도 불구하고
나는 냉정히 고개를 돌린다
또 다른 빌딩 역시

비슷한 포즈의 남자가 내려본다

"나야 나, 선택해 줘 기호 2번
그러면 널 위해 뭐든 해줄게"

침실에서 춤이라도 추겠다는 듯
색기마저 흘리고 있다

그들의 달콤한 속삭임에
이번에도 넘어가 줄까
봄바람에 살랑 꽃잎 날리듯
사방에서 공약이 날리고 있는 선거철

검은 유혹

좀 더 진하게
영혼의 7그램도 한 스푼
고소하고 향긋하게 그댈 매혹시킬 테야

난 과테말라 핀카산타 클라라 에스프레소
블랙의 치명적 유혹에 누구든 빠져들지
화산을 머리에 두고 뜨겁게 살았어
날 함부로 품평하지 마

한 모금 검은 피가
목을 타고 넘어가는 순간
그대들은 슬픈 열대를 느껴야 한다

인생의 쓴맛을 니들이 알아

첫가을

그대 그림자

빠져나가

거기 있구나

홀로 빛나는 북극성

가을밤

백자 연꽃 찻잔
파르라니 찻물이 배었다

하늘도 푸른빛 짙게 배인
시월의 가을
녹차 우려내는 밤

달님이 그만 길 잃고
찻물에 풍덩

한 모금에 만월을 삼켰네

상사화

대궁 속 터질 듯 붉은 몸

더 이상 숨길 수 없어

수줍게 만개한

일생이 짝사랑인

그 이름

제4부

묘지송

이곳에선 바람도 둥글둥글
저마다 사연 하나씩
한 生을 묻고 있다

대문을 봉쇄한 중세의 수도원처럼
행여 지상에 비밀이 새어 나갈까
촘촘한 떼옷 덮어쓰고 창문마저 봉쇄했다

묘지의 시신 해골 속
한때는 장군이었고 여인이었던 기억의
칩을 꺼내 몇 십 년 혹은 몇 백 년 전
시신의 삶을 DVD로 재생해 본다면

연민스럽지 않은 묘지가 어디 있을까

이장

한 밤 뒷산
집 한 채 무너지는 소리

풀벌레 장단 맞춰 서걱이던
댓잎조차 숨죽이고
새파란 봉분 속살은
달빛에 수줍어 볼 붉힌다

숙면을 끝낸 시신 복부는
검은 살이 말랑말랑
길어진 머리칼은
땅 속 길 내어 물을 퍼올린다

나무 뿌리는
애무하듯 가슴을 휘감고
살 녹아내린 허벅지는
들쥐의 아늑한 보금자리

덕德 없이 욕심 가득했던 삶

죽어서 비석비토飛石肥土

명당자리 하나

불허받지 못한

조화

수줍게 만개한 국화
낯 모르는 영정 앞에서
향내보다 짙은 한숨을 토한다

활짝 핀 자태를 뽐내고
나비를 사귈 틈도 없이
목 잘린 채
검은 리본을 길게 늘어뜨리고
대학병원 지하 영안실에서
조문객들의
흰 봉투를 세고 있다

산소

업연業緣의 끈 놓아

이제는 봉긋 솟은

땅의 꽃봉오리

공동묘지

누구의 지나간

삶이 모여

이렇게

한 고을을

이루었을까

단풍

너는

무슨 설움이

그리도 많아

붉은 멍이

온 몸 가득하니

SOS

벗어난 좌청룡과 우백호
외면하고 흐르는 앞개울
맥脈을 못타고 골에 묻힌
삐죽이 보이는 규봉窺峰
일자문성과 토채는 보이지 않고
게다가 흉석까지 박혀있다

집안은 풍비박산이고
무덤 찾는 발길은 끊긴지 오래
냉혈 속 시신이 보내는 파장인가
살아있는 자손을 괴롭힌다

성에 뒤덮여 꽁꽁 언 시신
손톱은 길고 살은 썩지도 않아서
춥다 건져 달라
자손에게 SOS 보내는 신호

이별

세상 모든 님들아
한때는 꽃이었던 적 있었지

꽃은 시들고 향기는 날아가
사랑이란
잡히지도 보이지도 않는
무색의 현란한 공포

한 사람의 그림자를 걷어내는 일이란
봄날의 알싸한 몸살 같은 것

그가 남긴 生의 부스러기를 모아
봄 햇살에 널어 말려도 축축한 것

오늘 나의 생을 통째로 세탁해
가을볕 가장 따사로운 곳에 펼쳐놓아
바삭할 때까지 건조하려 하네

구두

동네 모퉁이 구두병원에 가면
삶에 지친 하이힐, 단화, 구두
나름대로 사연을 털어 놓는다

천수천안 관음보살처럼 주인은
사연 들어주며 먼지 털고 상처마다
약을 발라 광을 낸다
반짝이는 구두일수록 재빨리
보도블럭으로 걸어가 길을 먹는다

또다시 밟아야 할 수 많은 길
바람마저 멈춰진 모퉁이 골목
지문이 되어 구두 밑창에
길을 내고 지도를 만든다
하지만 그곳 어디에도
그대에게 가는 길은 찾을 수 없다
이승의 문자로는 해독할 수 없는

소통불능의 지도

구두는 도시마다
처음처럼 지도를 만든다

평화정원

꽃으로 난장인 5월의 국토
그 화려함의 극치에
나비들은 몸살을 앓는다

축제가 열리는 한민족 평화정원
평화예술단은 영천아리랑을
간드러지게 뽑아낸다

분단의 아픔쯤이야
그리움은 꽃으로 피어나고
영천아리랑만이 3·8고개를
구성지게 넘나 든다

연꽃

오탁악세五濁惡世 물들기 전

붉붙은 몸을 던져

열반에 드는

붉은 반란

빛이 닿지 않는 정적의 지하 오크통
수년간 침묵한 내면으로의 긴 여행

기다림마저 정지되고
그저 할 수 있는 건 또 기다림이다
인고의 시간은 신의 선물인 듯
잔을 타고 흐르는 핏빛 눈물

한 모금 와인을 넘기면
발효된 시간이 내 몸 가득 쌓인다
실핏줄을 타고 온 몸 구석구석
세포를 만개시키는 와인의 붉은 반란

안다는 건

한 사람을 안다는 건
또 다른 세계와 만나는 일

한 사람을 안다는 건
미지의 세계에 발 내딛는 것처럼 가슴 설레는 일

한 사람을 안다는 건
폭풍 속으로 들어가서 맨살로 그 바람을 맞는 일

한 사람을 안다는 건
온통 나를 드러내는 치명적인 일

■ 작품 해설

시를 씀으로써 열반으로 난 길을 찾는 이여

이승하(시인 · 중앙대 교수)

종교라 함은 대체로 '절대자'를 철저하게 '믿어야만 하는' 것이기에 신앙信仰이란 결코 움직일 수 없는 '신념'의 다른 이름이기도 하다. 믿음의 정도를 두고 우리는 흔히 신앙심이 깊거나 얕다고 한다. 이 세상의 많은 사람들이 신을 '무조건적으로' 믿는다. 하물며 매일 뜨는 태양도 신으로 믿는 것이 종교일진대 불교는 일반적인 종교 개념을 따르지 않는다. 무조건적인 믿음보다도 스스로 금욕하면서 수행 · 정진하는 가운데 불도를 열심히 닦고, 타인을 위해 많이 베풀면서 살아가야지만 업장이 소멸된다고 가르친다. 윤회의 사슬을 끊고 해탈하는 것, 성불하는 것, 열반에 이르는 것. 불교의 목표가 바로 이런 것이 아닌가.

불교의 창시자 고타마 싯다르타는 입적 직전에 제자들에게 "생은 고해다. 생자 필멸하니 정근精勤 정진精進하라."고 말했다. 사는 건 괴로운 일이고 산 사람은 어차피 죽게 되어 있으니 죽는 날까지 스스로 갈고 닦는 수련이 필요하다고 말했던 것이다. 중생은 고해에서 벗어나기 어렵다. 그저 열심히 참선하고 선행을 하면 해탈한다고 했으니, 이것은 한마디로 말해 자리이타自利利他다. 우리나라 전래의 민간신앙은 고목이나 큰 바위도 신으로 섬기는 것이니 불교는 절대자나 자연신을 믿는 여타 종교와는 근본적으로 다르다. 나 스스로 생과 사의 이치를 깨닫지 않고는 열반에 이를 수 없다. 또한 이기심을 버리고 끊임없이 보시해야 열반에 이를 수 있다.

우리는 절에 가서 부처상에다 삼배, 혹은 백팔배를 하지만 그힘든 절을 누가 시켜서 하는 것이 아니며, 자기 자신에게 하는 것이자 2500년 전에 죽은 붓다에게 하는 것이다. 이때 중요한 것은 청정한 공간에서 심신의 안정을 취하면서 깨달음의 경지에 도달하려고 정진해야 한다는 것이다. 아예 선방에 들어가는 동안거와 하안거는 불도들에게는 의무지만 세속의 우리가 보면 가혹한 옥살이다. 하지만 세상천지에는 인간을 유혹하는 것이 너무 많고 나(자아)는 나의 솟구치는 욕망을 억눌러야 한다. 김원희 시인의 첫 시집 『햇살 다비』는 근년에 나온 어떤 시집보다도 더 '불교적'이다. 시인은 대체로 산사에 가서 시상을 떠올리고, 마음의 안정을 얻어 속가로 돌아온다. 재가 불자인 것이다.

오방색 비늘 옷
조각조각 떼어내 가벼워진 몸
법당 노승 독경 소리에
휑한 눈 뜨고 참선 중이다

텅 빈 뱃속

산란했던 세속의 역사를 지우는데
푸른 바다의 기억은 어디로 갔을까

산호 숲 떼지어 다니던
내원궁 천년 사랑 허공에 사르고
몸 안의 불혹 같은 소리로
부처님께 공양하는

선운사 늙은 목어

－「목어」전문

시가 동화적이다. 푸른 바다를 집으로 삼아 자유롭게 돌아다니던 물고기가 목어가 되었다. 목어는 선운사 법당에서 독경하는 노승의 목소리를 들으며 참선 중이다. 목어는 전생이 물고기였을까? 노승의 전생이 물고기였을까? '선운사 늙은 목어'는 노승의 객관적 상관물일까? 아니면 이 도량에 와서 노승의 독경을 듣는 일반신도일까? 독자가 이런 여러 가지를 생각하게 하는 데 이 시의 묘미가 있다. 특별히 주목해야 할 부분은 제3연이다. 독경이란 범박하게 말해 영혼의 노폐물을 몸 밖으로 내보내는 행위다. 그것도 천년 전에 세워진 선운사 도솔암의 내원궁에서이니 이보다 더 맑은 곳이 또 어디에 있으랴. 천인암이라는 기암절벽과 맑은 물이 흐르는 깊은 계곡 사이에 자리한 내원궁은 고통 받는 중생을 구원한다는 지장보살을 모신 곳이다. 거대한 바위 위에 초석만을 세우고 만든 이 건물은 작은 규모지만 매우 안정된 느낌을 준다. 이곳에 와서 목어를 보고 시인은 자신의 탁한 영혼을 씻는다. 같은 장소를 배경으로 한 시가 더 있다.

가을비 젖은 도솔산
암자 요사채 구석진 방
장작불에 달궈진 온돌 열기에
온몸 세포는 화들짝 만개한다

산갈 오르며 바라본 상사초
무더기로 가슴에 피어올라
뜬눈으로 지샌 새벽녘에
어렴풋이 들려오는 목탁소리

창밖 달님은
대나무와 동무하여 소곤거리고
잠 깬 새들은
도솔천 내원궁 천년 비밀이
누설될까 수런거린다

- 「산사의 하룻밤」 전문

이 시의 화자는 가을비가 내린 날, 도솔산 암자 요사채에서 하룻밤을 보내면서 몇 가지 소리를 듣는다. 새벽 예불을 드리는 스님의 목탁 소리와 잠깬 새들이 지저귀는 소리다. 그런데 시인이어서 그런지 창밖 달님이 대나무와 동무하여 소곤거리는 소리도 듣는다. 새들이 "도솔천 내원궁 천년 비밀이/ 누설될까" 수런거린다는 것도 아주 재미있는 시적 발견이다. 천년 비밀이란 것은 불교의 진리 그 자체가 아닐까. 산사에서 하룻밤을 보내면서 자연과 혼연일체를 이룬 시인의 투명한 영혼이 지혜의 미네르바가 된다. 시인은 그곳에서 동백꽃도 본다.

　　선운산 도솔천 내원궁
　　동백꽃 떨어진 자리마다
　　묘비 없는 붉은 무덤이다

　　한때는 그대가 꽃인 적 있었다
　　가슴 저린 사랑도
　　세월 지나면 무던해지는가

　　저 동백
　　시들어 추해지기 전
　　아직 색과 향 남아 있을 때

　　보란 듯이
　　툭!
　　이별을 고하는,

　　　　　　　　　　　　　　　　 −「동백꽃」 전문

　선운사 도솔천 내원궁의 동백꽃을 보고 쓴 시다. 아니, "꽃 떨어진 자리마다/ 묘비 없는 붉은 무덤"을 보고 와서 쓴 시다. 시인은 속세의 사랑이란 것이 얼마나 덧없고 허무한가를 이야기하고 있다. 화무십일홍이요 생자필멸이다. 한편으로 생각하면 "가슴 저린 사랑도/ 세월 지나면 무던해"진다. 그 사랑에 연연해하지도, 그 사랑을 안타까워하지도 않는다. 열정이 다 시들기 전 아름답게 이별할 수 있는 여유가 화자는 더 아름답다고 말한다. 사랑도 동백꽃처럼 때가 되면 절로 지고 때가 되면 또다시 절로 피는 것으로 보고 있다. 계절의 변화를 시인은 식물뿐만 아니라 뭇 생명체의 유전流轉으로 보는 것이다.

불교에서 중요시하는 철학적 개념들을 손꼽아본다. 공空, 선禪, 인연(혹은 緣起), 열반, 해탈, 보시, 측은지심, 염화미소…… 많은 것이 있는데 윤회도 그중 하나일 것이다. 그런데 생명체로서 다시 태어난다는 것은 고苦의 연장이다. 고를 떨쳐내기 위해 참선을 더 많이 하는 것이 선종이고 보시를 더 많이 하는 것이 교종일 것이다. 전자는 소승불교이고 후자는 대승불교라고 할 수 있을까.

태화산 낙엽의 잿빛 X레이
온몸 살점 배불리 먹어 치우도록
한 生을 보시하며 무얼 생각했을까

고목의 새싹으로 태어나
목탁과 새소리 벗하며
노승처럼 해탈을 염원했을까

아마도 내생에선
구도자로 환생할지 몰라

마곡사 저 늙은 승려도
전생에선 천년 고목의

파릇한 아기 싹이었다지

– 「늙은 낙엽」 전문

　시인은 가을에 공주 태화산 마곡사에 가보았나 보다. 거기서
본 것은 낙엽이었고 생각한 것은 윤회사상이다. 불교적 관점에서
는 사람이 죽어 곤충으로 다시 태어날지 구도자로 환생할지 알
수 없다. 시의 마지막 연이 암시하는 것은 전생이 있어서 현생이
있고, 현생이 있으므로 후생이 있다는 것, 조락을 슬퍼할 필요가
없다는 것이다. 살아 있었으니 때가 되어 이 세상을 뜬다는 것은
자연의 법칙이요 만고불변의 진리다. "수덕사 아름드리 대웅전
기둥" 틈 속의 작은 회색벌레(「틈」)도 생명체요, "진녹색 전투복
으로 무장해서/ 수직으로 돌격중"인 "한여름 담쟁이 넝쿨"(「녹색
전투」)도 생명체다. 이처럼 시인의 시야에 띄어 노래로 불리어진
것은 대개 자연이다. 그것이 동백꽃이든 늙은 낙엽이든지 간에,
회색벌레나 담쟁이 넝쿨이든지 간에, 일정 기간 살다가 반드시
죽는다. 하지만 이런 유정물이 아닌 무정물인 경우도 있다. 공통
점은 다 자연의 일부라는 것이다.

　　한겨울 대웅전 처마 끝
　　허공 한 줌 지분 얻었다
　　늙은 승려 독경
　　대롱 매달려 아찔하게
　　따라 부를 적
　　지상으로 자꾸만 자라는 키
　　댓돌 위 고무신이 눈부시다

아집과 속세에 묻은 때
햇살 아래 펼쳐놓아
날아가고 마르고
잿빛 투명한 일생
수정 뼈대만 시리게 남았다

백팔번뇌 다 녹아
뚝뚝 허공에서 치러지는
송광사 햇살 다비

– 「고드름」 전문

　전남 순천에 가면 고찰인 송광사가 있다. 시인이 한겨울 송광
사에 가서 인상 깊게 본 것은 대웅전 처마 끝의 고드름이다. 아
니, 더 엄밀히 말하면 햇살에 녹아 뚝뚝 허공에서 치러지는 고드
름의 다비식이다. 고드름에 대한 묘사가 절묘하다. "아집과 속세
에 묻은 때/ 햇살 아래 펼쳐놓아/ 날아가고 마르고/ 잿빛 투명한
일생"인데, 이제는 "수정 뼈대만 시리게 남았다"고 한다. 세속에
서는 장례라고 하는 것을 불가에서는 다비라고 한다. 고드름의
경우, 불에 태우는 것이 아니라 햇살에 녹는 것이다. 불에 타 재
가 되는 것이 아니라 고체가 녹아 액체가 된다. '햇살 다비'란 자
연의 것들이 결국은 다시 자연으로 돌아간다는 뜻이다. 세상만물
중에 영원히 불멸하는 것이 어디 있는가. 우리 인간은 최장수자
가 백 살 정도 사는데, 천년만년 살 것처럼 욕심을 부린다. 만 원
을 채우기 위해 천 원을 빼앗기도 하고, 사람의 장기가 마치 물건

인 양 돈으로 거래되기도 한다.

> 덕德 없이 욕심 가득했던 삶
> 죽어서 비석비토飛石肥土
> 명당 자리 하나
> 불허받지 못한
>
> — 「이장」 마지막 연

> 대학병원 지하 영안실에서
> 조문객들의
> 흰 봉투를 세고 있다
>
> — 「조화」 마지막 연

자, 이제 깊은 산 속 고찰에서 내려와 삶과 죽음의 희비가 엇갈리는 사바세계로 가보자. 조문객들의 흰 봉투를 세고 있는 대학병원 영안실 풍경은 예전에 최승호도 시로 쓴 바 있다. 죽은 사람이야 이제는 잊어야 할 존재인 것, 산 사람은 돈을 세야 하는 것이 현실이다. 장례 절차가 모두 돈으로 진행되고, 조문객의 사회적 지위와 그들이 건네주는 조의금으로 망자와 그 후손의 사회적 위치도 결정된다. 살아생전 아끼고 의지했던 이와의 이별의 시간에 마음껏 애도하는 분위기가 무엇보다 필요하건만 지폐 몇 장의 수입에 연연하는 현실은 각박하면서도 처절하다. 죽은 이에게 매겨지는 가치가 그러할진대 산 자야 오죽하겠는가. 돈이 우리의 생존과 실존의 지배자임을 생각해보게 하는 시편이다.

강이 앓고 있다
북한강부터 낙동강까지

강의 일생 인간이 간섭하며
본래 모습 잃기 시작했다

옛적부터 순순히
흐르던 강줄기

4대강 프로젝트 깃발 아래
굴삭기로 곳곳이 파헤쳐져
음부까지 상처투성이다

물고기의 떼죽음
슬픈 강은 참다못해
서슬 퍼런 반란 중

생태계가 아찔하다

- 「강의 반란」 전문

　이명박 대통령이 재임 기간 중에 총력을 기울여서 실행한 4대
강 프로젝트는 공과 를 놓고 찬반이 엇갈리는데 시인은 '過'로 보
았다. 강(자연)이 인간의 굴삭기 공사에 일방적으로 당하지 않고
반란을 한다고 하는데, 그 구체적인 양상은 이 시에 나타나 있지
않다. 고인 물은 녹색의 '썩은 강'이 되고, 그 물은 농업용수로도
식수로도 쓸 수 없다. 인위적으로 보를 쌓았으니 강의 흐름은 곡

선이 아니라 직선이 된다. 물은 저 흐르고 싶은 곳으로 길을 내는 자연의 움직임이거늘, 인간은 그것을 편의대로 곧게 펴 놓음으로써 자연은 인간에게 재앙이라는 이름으로 앙갚음을 하고야 만다. 시인의 이러한 현실참여가 시를 더욱 살아 있게 한다. 지금 이 시대 삶의 현장에서 찾아낸 소재들은 이밖에도 「폭군」「폭우」「평화정원」 같은 작품에서 올바른 사회에 대한 열망으로 어렴풋이 나타나고 있다. 특히 「공약」 같은 작품을 보면 선량選良이 결코 선량하지 않은 사람이라고 비판하고 있다.

"서민들의 손과 발이 되어
겸손히 일하겠습니다
믿어줘요
제발 한 번만 날 찍어주세요"

애절한 눈빛도 불구하고
나는 냉정히 고개를 돌린다
또 다른 빌딩 역시
비슷한 포즈의 남자가 내려본다

"나야 나, 선택해 줘 기호 2번
그러면 널 위해 뭐든 해줄게"

침실에서 춤이라도 추겠다는 듯
색기마저 흘리고 있다
　　　　　　　　　　　　　　 －「공약」 부분

103

이 시의 제목이 공약公約인지 공약空約이지 궁금하다. 출마한 사람은 공약公約을 내세웠지만 실은 공약空約이라는 말로 이해한다. '사내'는 "창문보다 더 큰 얼굴로/ 웃음을 흘리고", 연락처를 주면 "오늘밤/ 안방을 들이닥쳐/ 내 발이라도 씻겨줄" 듯하다. 선량들이 사방에서 공약을 날리고 있는 선거철에 화자는 영 마음이 편치 않다. 상대의 마음을 사로잡기 위해 일단 약속부터 하고 보는 인간본성의 거짓됨을 시인은 소박한 언어로 짚어내고 있다. 약속이란 신뢰를 바탕으로 할 때는 소통의 도구가 되지만 신뢰가 깨졌을 때는 관계도 단절된다. 함부로 쉽게 약속하는 사람은 인간관계도 그만큼 하찮게 생각한다는 뜻이다.

화자에게 있어 가장 절실한 행위는 일단 쓰는 것이다. "그대에게 차마 하지 못한 심연을/ 편지로 쓰는 밤"(「백지」)도 있었다. 어떤 날은 펜팔친구에게 "꽃 편지지에 연필로 꾹꾹 눌러쓴 끝에는/ 우리 우정 영원히 변치 말자"(「봄날」)고 써 20원짜리 우표를 붙여 빨간 우체통에 넣기도 했었다. 하지만 가장 쓰고 싶은 것이 어느 날부터인가 시가 되었다. "시는 운명처럼 온다/ 사랑도 운명처럼 온다// 시 같은 사랑/ 내게도 운명처럼 올까"(「시 같은 사랑 운명처럼」) 하면서 뮤즈(예술의 신)와의 접신을 기다린다.

홀로 고요히 침잠해 있던 어느 날
운명처럼 그가 비밀을 품은 듯 찾아왔다
시와의 합궁 묘미가 일탈의 외도와 견줄까

불면의 밤은 화려한 궁으로 변하고

세상 모든 것은 그가 되었다

시를 잉태한 만삭의 처녀
작두 타는 애기무당처럼 홀린 듯

접신의 위대함인지 위태함인지
시의 보살 내 안에 들다

– 「위태한 접신」 전문

이 시에서 '그'는 시라고 볼 수도 있고 뮤즈라고 볼 수도 있고 영감靈感이라고 볼 수도 있다. 김원희 시인은 20년 전쯤에 희곡으로 등단해 5년 전 시인이 되었는데 '그'는 운명처럼, 비밀을 품은 듯이 찾아왔다. "시와의 합궁 묘미가 일탈의 외도와 견줄까", 스릴 만점이다. "불면의 밤은 화려한 궁으로 변하고/ 세상 모든 것은" '그'가 되었다. 화자는 마침내 "시를 잉태한 만삭의 처녀"가 되었다. "작두 타는 애기무당처럼 홀린 듯"이란 표현이 재미있다. 시 쓰는 재미에 푹 빠져 "접신의 위대함인지 위태함인지/ 시의 보살 내 안에 들"었으니 김원희 시인의 나날은 이제 해탈 혹은 열반의 기쁨에 차 있다. 이런 기쁨을 불가에서는 법열法悅이라고도 한다. 다음 시에서 연꽃은 꽃이 아니다.

오탁악세五濁惡世 물들기 전

불붙은 몸을 던져

열반에 드는,

–「연꽃」 전문

　이 시야말로 김원희 시인의 시론이 아닐까. 이 세상의 다섯 가지 악에 물들기 전에 불붙은 몸을 던져 열반에 드는 저 연꽃처럼 시인은 염화시중의 미소를 짓고 싶은 것일 게다. 이 세상의 다섯 가지 더러움은 겁탁(劫濁: 시대의 더러움), 견탁(見濁: 사상과 견해가 사악한 것), 번뇌탁(煩惱濁: 마음이 더러운 것), 중생탁(衆生濁: 함께 사는 이들의 몸과 마음이 더러움), 명탁(命濁: 인간의 수명이 짧아지는 것)인데, 이 세상이 바로 이런 '탁'으로 이루어진 흙탕물이리라. 바닥이 안 보이는 뿌연 흙탕물 속에서 깨끗한 시의 꽃을 피우고 싶어하는 시인의 바람이 이 한 편에 오롯이 담겨 있다.

　우리 인간은 모두 "업연業緣의 끈 놓아// 이제는 봉긋 솟은// 땅의 꽃봉오리"(「산소」)가 되는 것이 운명이다. 시에서는 업연業緣의 끈을 놓는다느니 봉긋 솟은 꽃봉오리가 된다느니 하면서 아름답게 표현되어 있지만, 실은 생의 종착역이란 산소에 묻히는 것이라는 말이다. 생자 필멸하는데 시인이 된 이상 할 일이 무엇이겠는가. 시를 쓰는 것이다. 어느 날부터 시에 붙들려 사랑을 중단할 수 없음은 김원희 시인에게 크나큰 역사적 사건이다. 해탈에 이른 고승처럼 무불통지의 경지에 이르지 못할 거라면 시를 써야 한다. 고승이 말을 줄여 심신을 단련하듯, 글을 줄이고 줄여 정제된 시어의 연금술을 발휘해야 한다. 다음의 시 「안다는 건」의 "한 사람을 안다는 건"도 '시를 쓴다는 건'으로 바꿔 읽어본다.

한 사람을 안다는 건
또 다른 세계와 만나는 일

한 사람을 안다는 건
미지의 세계에 발 내딛는 것처럼 가슴 설레는 일

한 사람을 안다는 건
폭풍 속으로 들어가서 맨살로 그 바람을 맞는 일

한 사람을 안다는 건
온통 나를 드러내는 치명적인 일

- 「안다는 건」 전문

이런 각오로 시를 쓴다면 그 언젠가는 해탈의 경지에 오를 수 있을 것이다. 불가의 선사가 면벽참선하듯이 시를 쓸 일이다. 독자 하나를 만나는 일과, 그 독자의 마음을 움직이는 일은, 또 다른 세계를 마주하는 일이다. 미지의 세계에 발 내딛는 것처럼 가슴 설레는 일이다. 폭풍 속으로 들어가서 맨살로 그 바람을 맞는 일이며, 온통 나를 드러내는 치명적인 일이다. 예측 불허의 파고와 격랑이 우리의 삶을 위협할지라도 시를 쓰는 이라면 말할 수 있지 않을까. 그토록 변화무쌍한 삶 앞에서도 우리는 인간이기에 고결한 정신을 가질 수 있다고, 그것이 바로 시라는 형식의 아름다운 문학 장르라고 말이다. 김원희의 시는 아직 소박하고 천진스럽다. 첫술에 배부를 수는 없지만 죽는 날까지 끊임없이 정근, 정진하라고 한 붓다의 유언처럼, 세상의 변화와 마음의 움직임을 따라 쉼 없이 시를 쓰다 보면 어느 날 문득 깨달음이 올 것이다. 오도송을 읊은 수많은 선사처럼 불멸의 시도 이 땅에 남길 수 있을 것이다. 정제된 언어의 향연은 참선하는 마음 자세로부터 온다. 불순한 언어들이 아래로 가라앉은 뒤 맑게 우러나는 김원희의 시들을 고대하며 첫 시집 발간을 축하한다.

불교문예 시인선 · 020

햇살 다비

ⓒ김원희, 2017, Printed in Seoul, Korea

초판 1쇄 인쇄 | 2017년 8월 25일
초판 1쇄 발행 | 2017년 9월 01일

지은이 | 김원희
펴낸이 | 문혜관
편집인 | 채 들
펴낸곳 | 불교문예출판부

등록번호 | 제312-2005-000016호(2005년 6월 27일)
주 소 | 13656 서울시 서대문구 가좌로 2길 50
전 화 | 02) 308-9520, 010-2642-3900
이메일 | bulmoonye@hanmail.net

ISBN : 978-89-97276-22-6

이 도서의 국립중앙도서관 출판예정도서목록(CIP)은 서지정보유통지
원시스템 홈페이지(http://seoji.nl.go.kr)와 국가자료공동목록시스템
(http://www.nl.go.kr/kolisnet)에서 이용하실 수 있습니다.
(CIP제어번호: CIP2017021008)